衛斯理系列少年版 14

妖火

(下)

作者：衛斯理
文字整理：耿啟文
繪畫：鄺志德

老少咸宜的新作

寫了幾十年的小説，從來沒想過讀者的年齡層，直到出版社提出可以有少年版，才猛然省起，讀者年齡不同，對文字的理解和接受能力，也有所不同，確然可以將少年作特定對象而寫作。然本人年邁力衰，且不是所長，就由出版社籌劃。經蘇惠良老總精心處理，少年版面世。讀畢，大是嘆服，豈止少年，直頭老少咸宜，舊文新生，妙不可言，樂為之序。

倪匡　2018.10.11　香港

目
錄

主要登場角色

張小龍

張小娟

張海龍

衛斯理

覺度士

漢克

霍華德

第十一章

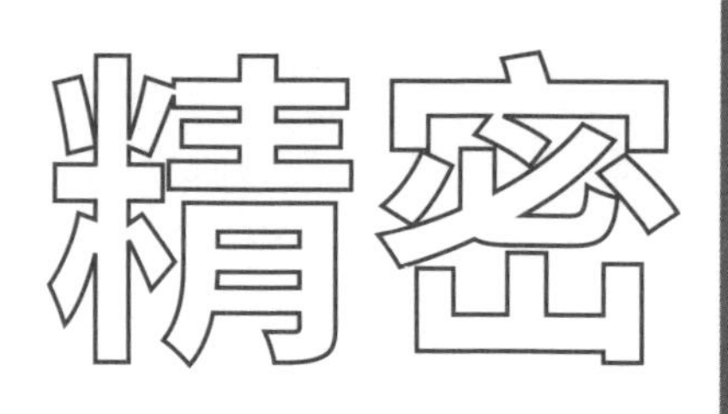

那洋胖子拔出**手槍**說「我們不惜殺人」這句話時，神情十分猙獰可怖，尤其是他戴着墨鏡，更有一種陰森的感覺。

我從他的神情中，可以看出他是一個說得出做得到的人。

他冷笑了一聲，拿槍的手放在大腿上，對我說：「好了，你可以開始認真回答我的問題了。首先，我要知道，是誰在指揮着羅勃楊？」

很明顯，眼前這個胖子，和羅勃楊並不是一伙的，說不定還是對頭。而那個死了的勞倫斯·傑加，當然是羅勃楊的**同黨**，他在給羅勃楊的信中說「他們已經得到了一切」，所講的「他們」，卻不是眼前這個胖子，因為，這胖子正想從我身上得到一切！

這麼說，事件中至少還有第三方人馬，是我還未遇上的。

「關於羅勃楊，我除了知道他穿了一件**紅色**的睡袍，住在一間空無一物的屋子裏之外，什麼也不知道。」我說。

那胖子顯然不相信我的話，冷笑了一下，手槍輕輕地拍打着大腿，在提醒我他有手槍，再問一遍：「**他們還有沒有其他同黨？**」

我苦笑着說：「你真的問錯人了，我和他們根本不認識。」

「不認識的話，你又怎麼會幫他們***送信***？」胖子又舉起了手槍指住我，而且還摘下了他的**墨鏡**，好像為瞄準我開槍作準備一樣。

他的眼圈十分浮腫，但眼中所射出來的光芒，卻像一頭兇惡的野豬一樣。

我不能低估這個胖子，他一摘下眼鏡，我便知道他會有所行動，因此我立即從沙發上站起來，假裝緊張地求情：「***等等！***你聽我解釋——」

「好，我給你五秒時間解釋。」那胖子隨即倒數：「五、四——」

我確實去送信了，這真是**跳進黃河也洗不清**，怎麼能用五秒説清楚呢。

就在胖子數到「一」，準備對我開槍之際，我突然右腳一踢，把我早前**掙脱**掉在地上的**手銬**踢向胖子，幸虧我腳法好、眼界準，手銬擊中胖子拿槍的手，手槍應聲飛脱，掉到幾尺之外。

可是我注意着胖子，卻忽略了另一個人，就是坐在胖子旁邊，那個陰森的**司機**，他伸手按下了茶几上的一個**按鈕**，我便感到腳底下的地板突然向下一沉！

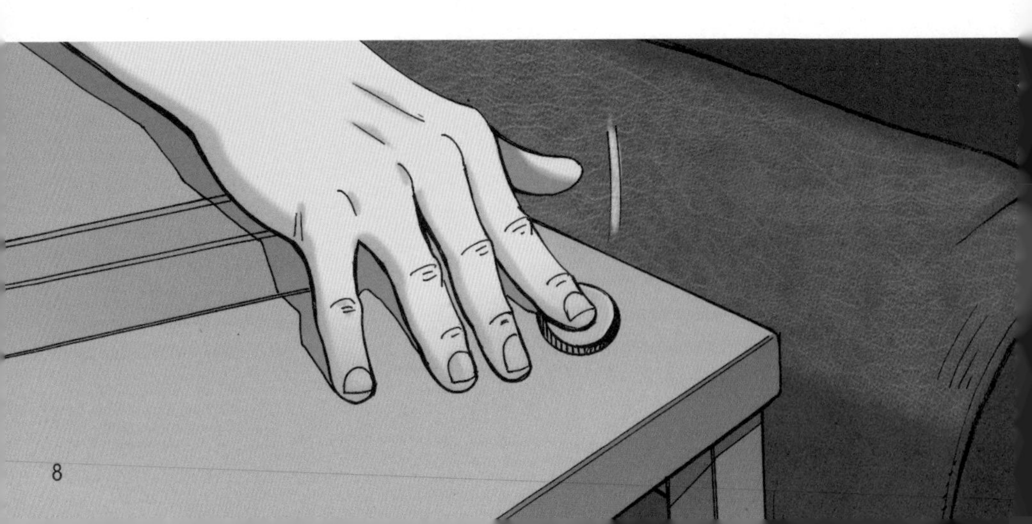

那是最簡單的陷阱，幸好我及時反應過來，在地板稍有動靜之際，立即雙腳一蹬，奮力跳起。

可是，在我躍起之後，天花板上有一片黑影突然壓下來，我還未弄清楚是什麼東西，只覺身上一緊，全身已被一張大網罩住了！

那胖子哈哈大笑道：「這是我們用來對付身手矯捷的敵人的！」

這時候，我雖然身子被網住，但心中卻高興到極，因為一看到這個天羅地網的陷阱，我便知道這裏是什麼地方了。

因為我早就聽說，一個十分龐大的**走私集團**，近年已經金盆洗手了，但他們集團總部的種種電力陷阱裝置，卻依然為人所津津樂道。

而這個胖子卻料不到，我跟那位走私大亨大有淵源，

曾經有一次，他在走私現場被我抓住，他向我求情，答應以後洗手不幹，下半生**傾力行善**，如今他已經變成了一位慈善名流了，不過我卻掌握着對他非常重要的文件，他一旦不守承諾，文件便會公開，足夠使他坐上幾十年的苦監。

當下，我**冷笑**了一聲，說：「對付身手矯捷的人，這網的網眼，還嫌大了些！」

在他們還未明白那是什麼意思之際，我已摸出了兩枚鑰匙在手，從網眼之中彈射出去，重重地擊中他們兩人的額頭，他們怒不可遏，正想拾起手槍反擊時，我以本地話問那司機：

「大隻古呢？我要見他！」

那胖子本來已拾起手槍瞄準了我，可是我這句話一出口，那司機立即叫道：「**別開槍！**」

那胖子愣了一愣，「為什麼**？**」

司機向我一指，說：「他認識老闆。」

我口中的「大隻古」，自然就是那位前**走私$大亨$**，如今的**慈善名流**，而「大隻古」是他未發迹時的渾名，我能直呼出來，自然教他吃驚。

我神氣地說：「你立即**打電話**給大隻古，說你已將衛斯理置身網中，看看他有什麼反應。」

那司機有點驚疑不定，掏出**手機**，走到角落裏打電話，只見他通話時渾身發抖，好像被罵得**狗血淋頭**一樣，掛線後，滿頭大汗地跑回來，按動牆上一個按鈕，放下那個網，然後慌忙地替我將網撥了開來。

我冷冷地問：「**怎麼樣？**」

他恭敬地說：「老闆說他……馬上來……這裏，向……你賠罪。我……叫劉森，這實在不是我的主意。」

劉森**戰戰兢兢**地扶我到沙發上坐下，這時我發現那個胖子已經不見了。

「那個胖子到底是什麼人？」

「我怕多說多錯，等老闆來了，你直接問他吧。」劉森如今就像一隻**受驚的小狗**。

等了沒多久，大隻古便氣急敗壞地跑進來，幾乎是跪在我面前說：「老兄，你沒事吧？」

「原來你**重操故業**了。」我刻意諷刺他。

他驚慌地向我解釋：「你別誤會啊！這不是我的主意，我毫不知情，一切都是那個賊胖子，聽說他在**巴西**是第一流的富豪，剛好有重要的事來這裏辦，向我租地方和借人手，我為了從他身上賺點錢來做慈善，才答應他的。」

然後他張望了一下，問劉森：「那胖子呢？」

「老闆，**覺度士先生**一知道衛先生認識你，他就走了！」

大隻古連聲道：「走了最好！再也不做他的生意了！」

他又立刻命令劉森送我回家，但我想起了一件更重要的事，便說：「我不回家，請立即送我到頓士潑道去！」

「沒問題，沒問題！」大隻古自然連聲答應。

於是劉森便**開車**把我送回到頓士潑道去，沿途我問他有關那個胖子覺度士的資料，但他似乎也不敢多說。

到達後，我覺得劉森留下來等我的話，反而使我行動不便，因此我揮了揮手説：「你走吧，不用等我了，我有你的電話號碼，有事會再找你的。」

「好。」劉森好像解脱了一樣，立刻開車離去。

現在已經是凌晨兩三點的時間，我進了六十九號的門口，上了電梯，不到五分鐘，我便站在那所空屋的門前，按響門鈴，看看羅勃楊是否又能從空屋裏現身應門。

門鈴不斷地響着，足足響了幾分鐘，依然一點反應也沒有。我決定用百合匙，輕輕地打開了門鎖，慢慢地推開了大門。

然而，我才推開了五六寸，便聽到門內有一下「砰」的聲響，像重物墜地之聲。而我低頭看去，登時嚇了一大跳！

第十二章

我看見羅勃楊就倒在地上！

他本來是伏在門上的，因為我一推門，他才跌倒在地上。而他跌倒在地上之後，連動也沒有動過，睜着大而無光的**眼睛**望着我。

他不是不想動，而是根本不能動了。因為他那種面色神情，任誰一看都知道，這個人已經**死**了。

我立即跨進屋內，順手將門關上。我發現屋子裏仍是空蕩蕩的，沒有家俬，但在一堵牆上，卻有着一扇半開着的**暗門**，從那扇暗門望過去，裏面是一個**大客廳**。陳設得十分**華貴**。我心中的疑團隨即解開了，原來六十九號和七十一號兩個單位是打通的，羅勃楊表面上的住址是六十九號，但實際卻是住在七十一號，他費盡心思掩飾自己的住處，可想而知他的身分是多麼的神秘！

我由暗門走到七十一號的單位去，花了幾分鐘搜索了一遍，確定了兩個單位都沒有其他人，我才又回到羅勃楊的身邊。

羅勃楊仍然穿著那件**紅色睡袍**，從屍體的溫度來看，他死了不超過半小時，而我很快就發現了他的死因：在他右手的手腕上，釘着幾枚**毒針**，其中一枚恰好刺進了他的靜脈。

我又隔着布，小心地將這幾枚毒針拔了下來。我估計羅勃楊是在開門時，被人以毒針射死的，所以他的屍體才會壓在門上。

接下來，我細心地搜查了一下羅勃楊的屍體，和他的住處，希望能發現些線索，卻一無所獲。

我不知道用毒針**殺死**羅勃楊的人是誰，只知道元兇一定是與羅勃楊敵對，但又並非覺度士那一伙，因為那胖子甚至連勞倫斯‧傑加已被殺也不知道，那麼用毒針殺人的，應該不是他。

暫時我所知的，至少已有三股不同的勢力，在圍繞着**張小龍神秘失蹤事件**。

從勞倫斯和羅勃楊這條路去追尋張小龍的下落，線索已經斷了。如今只剩下覺度士那一條路。

我離開羅勃楊的住所，回到家裏，已經五點多了，忙了將近一夜，仍然說不上有什麼**收穫**。

我先小睡一會，打算醒來的時候，再找劉森問清楚覺度士此行到底有什麼目的。劉森協助過他辦事，多少也知道點**內情**的。

我大概睡了四個小時便醒來，隨即打電話給劉森，可是電話一直打不通。我很生氣，以為劉森在避開我，於是直接打電話給大隻古，沒想到大隻古說：「**劉森死了**。」

「**什麼？**他凌晨的時候還在開車送我。」我感到難以置信。

「我也是剛剛收到警方的消息，說他被***槍殺***，遇害時間大概是清晨。」

劉森的死，令我不得不懷疑是那個胖子覺度士所做的，因為昨夜我向劉森查問覺度士的事情時，劉森總是**吞吞吐吐**，好像很害怕覺度士似的。

於是我問大隻古：「大隻古，坦白告訴我，那個覺度士遠渡過來，是要幹什麼？」

「我真的不知道，只見他出**巨款**租用我的地方和人員，我便和他交易了，他做什麼我從沒過問。劉森或許知道，畢竟我派他去協助那賊胖子，可是劉森現在又……」

我知道大隻古是不敢瞞我的，他說不知道，就真的是不知道。然後我再問：「那麼你知道覺度士住哪一家**酒店**嗎？」

「我不肯定，但以往他常去——」大隻古說出了那家酒店的名字，然後我們便結束了通話。

我立刻上網查看劉森被殺的新聞報道，發現劉森遇害的地點，正是那家酒店旁邊的一條冷巷之中，這令我覺得覺度士的嫌疑愈來愈大。

是不是因為劉森知道得太多，所以覺度士引他去見面，然後殺人滅口呢？

接着我又打了一通電話給我的偵探好友黃彼得，上次託他調查張小龍的錢花費在哪裏，他還未能查出來。現在我拜託他在半小時內查出巴西富豪覺度士是否住在那酒店，房間號是多少，這是偵探最基本的情報網絡，他向我保證一定能辦妥。

我匆匆地洗了臉，喝了一杯牛奶，便衝出門去。

但是我才剛出門，一輛跑車便在我家門口停了下來，開車的正是張小娟。

「我剛想找你，你要出門麼？」她問。

我連忙說：「正是，你可以和我一起去，我們一面走，一面說！」

我説着已經不客氣地跨進了她跑車的車廂，告訴她酒店的名字，她疑惑地問：「你去那裏幹什麼？」

「説來話長，你先開車！」我顯得十分趕急。

張小娟也不再多問，立刻驅車前往那**酒店**。

車子開動後，我才問：「你找我有事？」

「嗯，我有一點收穫，我在**警局**的一個朋友那裏，查出了那個死在別墅後山的人的身分，那人名叫**勞倫斯·傑加**。」

這一點，我早就在胖子覺度士口中知道了，但張小娟接下來又說：「這個人，以前曾經領導過一個**奴隸販賣集團**，人人都叫他**傑加船長**，由於幾次遭到圍捕他都能安然無事，所以又有『不死的傑加船長』之稱，是個極端危險的**犯罪分子**。」

我連忙問：「他來此地有什麼目的？」

「警方還沒有查出來。」她說。

我「**嗯**」了一聲，心中暗忖，勞倫斯·傑加和羅勃楊是一伙的，如今兩人已死，他們來此地的目的，恐怕只能從胖子覺度士身上探問出來了。雖然他們雙方是對立的，但同樣**遠渡重洋**來此地，恐怕目的是一樣的，所以才會起了衝突，變成**敵人**。

我正在思索間，車子已到了酒店門前，這時候，黃彼得剛好打電話給我，我接聽：「喂，查到了嗎？果然是這酒店，**602號房**是吧？好的，謝謝。」

我準備下車，對張小娟說了句：「謝謝你送我來。」

但張小娟叫住我：「等等！你還沒告訴我，你來這酒店幹什麼？跟我弟弟的事有關嗎？」

我嘆了一口氣，說：「我發現了一個非常危險，但又十分重要的人物，就住在這家酒店，我要去見見他。」

「我也要去！」

「張小姐，這不是鬧着玩的，這個人極度危險，今天清晨這裏附近才發生過**兇殺案！**」

但張小娟只是重複着那四個字：「**我也要去。**」

「不行！你弟弟已經失蹤了，萬一你也出事，你有沒有想過你爸爸會有多傷心？」我說完便下了車，將車門關上。

只見張小娟一咬唇，便踏下油門，開車疾馳而去！

我嘆了一口氣，轉身走進酒店，來到覺度士的**房門**外，敲了一下門。

好一會，裏面傳來了一把粗魯的聲音，講的正是那種不甚流利的英語，夾着大量**粗言穢語**罵道：「什麼人？沒看到我說『不要打擾』嗎？」

就在門才打開一條縫之際，我已經伸手掏出一柄**槍**來。我平時不太喜歡帶槍的，這柄只不過是製作得幾可亂真的玩具槍而已。

我肩頭用力在門上一撞，「**砰**」的一聲，我已經進了房門，拿槍指住他，並且用腳關了房門。

覺度士認出我，無可奈何地舉起雙手，問：「你想怎樣？」

我嚴肅地説：「和昨天晚上你對我的要求一樣，我問，你答！」

但覺度士忽然笑了笑，「**憑什麼？**」

我用**槍管**頂了頂他的肥肚腩，「就憑我手上這家伙。」

怎料他笑得更厲害，舉起的雙手也放了下來，指了一下手槍：「就憑這小孩的玩意？」

我愣了一愣，覺度士突然伸手入懷，拔出一柄精巧的手槍，迅速地指住我説：「我這柄是真的，現在，你該拋棄你手中的**玩具**了吧？」

我萬萬沒想到，這胖子居然是個 ***槍械專家***，一眼就看穿了我的把戲。

第十三章

我雖然低估了覺度士對槍械的認識，卻也高估了他的智商，他要我拋下手中的假槍，我心中不禁覺得好笑，既然是假槍，我拿在手裏，他又怕什麼？但他的要求，卻給了我**一個很好的反擊機會**。

「想不到你的**眼力**那麼好，我只好將它拋掉了！」我一面說，一面將假槍拋出。

但我拋出的假槍，卻是向覺度士的手腕疾射而出的！

在覺度士一愣之間，假槍已經擊中了他的手腕，使他的手槍脱手掉地。我隨即一躍向前，一拳擊向他的肥肚腩，這家伙肥大的身軀抖動了一下，身子如**龍蝦**似的曲了起來，我又提起膝蓋，重擊他的下頷，他的身子咚咚地退出幾步，坐倒在沙發上。

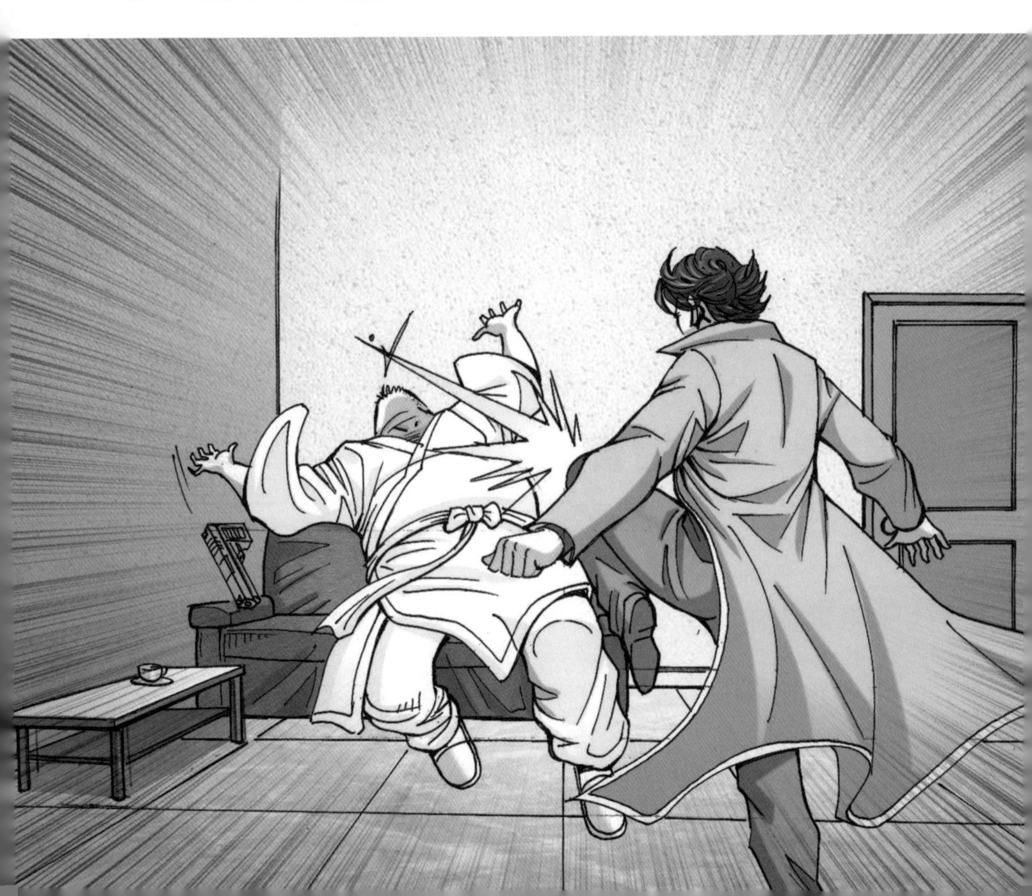

而我早已趁他感覺到痛苦不堪時，以極快的手法，在他的左右雙脅之下，各搜出了一柄小型的「**勃朗林**」手槍來！

覺度士軟癱在沙發上，喘着氣，用死魚似的眼珠望着我，好一會，才喘定了氣。

我笑道：「覺度士先生，可以開始我們的『**問答遊戲**』了嗎？」

覺度士抹了抹汗，不服氣地「**哼**」了一聲。

我直接問：「你來本地是要幹什麼？」

覺度士當然不願**理睬**我，但我雙手都拿着手槍，在他面前晃了一晃，他就不得不回答：「**找一個人**。」

「什麼人？」

「張小龍。」

果然是跟張小龍有關，事情有點眉目了，我連忙追問：「你找他有什麼事？」

「我找他……」

覺度士吞吞吐吐，顯然不太想告訴我。

「覺度士先生，你是**槍械專家**，應該很清楚這兩柄手槍的子彈，如果打在身體的不同部位，會有什麼**後果**。」我一邊說，一邊用槍口亂指着他的身體。

他流着汗說：「據我所知，張小龍在從事一項**科學研究**，這項研究工作很有價值，足以使我登上南美首富的席位。」

我很意外，着急地問：「究竟張小龍在研究些什麼**？**」

他猶豫了一下，似乎有所隱瞞，「我也不太清楚詳情，我先後派了六個手下來這裏，結果六個人都死了，所以我才親自出馬的。」

「你不清楚張小龍在研究什麼，卻鍥而不捨地派六名手下過來，如今還親自出馬，你認為我會相信嗎？」

覺度士怔了一怔，我繼續説：「劉森死在你手上，恐怕也是因為他知道得太多吧？」

我的話才講完，覺度士的面上已冒着點點**汗珠**，緊張地説：「你小聲一點！」

我不禁笑了笑，知道我已握住他的痛腳，便威脅道：「劉森是被槍殺的，我估計**兇器**就是這兩柄手槍其中之一，你下半生想留在這裏體驗**牢獄**生活，還是想回巴西繼續當富豪，你自己決定吧。」

「**不！**」覺度士露出近乎哀求的神情。

「那你就將所知的說出來！」我嚴厲地命令他。

覺度士**汗如雨下**，**滿面油光**，身子簌簌地抖着，「好吧，我說了。張小龍在研究——」

正當我滿心歡喜，以為終於可以解開心中疑問之際，突然聽到背後套房的房門「**格**」地響了一聲。我立即回頭看去，只見房門被打開了一道縫，同時，「嗤嗤」之聲不絕於耳，數枚小針飛射而至！

我大吃一驚，連忙臥倒在地，迅速抓起**地氈**，着地便滾，以地氈將我的身子緊緊地裹住。

接着我聽到一陣**腳步聲**，有一個人奪門而出，但顯然不是覺度士，因為覺度士在叫了一聲之後，便已經沒有聲息了。

我聽到那人已出了門，立即*身子一縮*，從地氈卷中滑了出來，也來不及去看覺度士，馬上躍到房門口，只見門已被打開，我探頭左右看了一下，走廊上**靜悄悄**的，一個人也沒有，對方已經逃脫了。

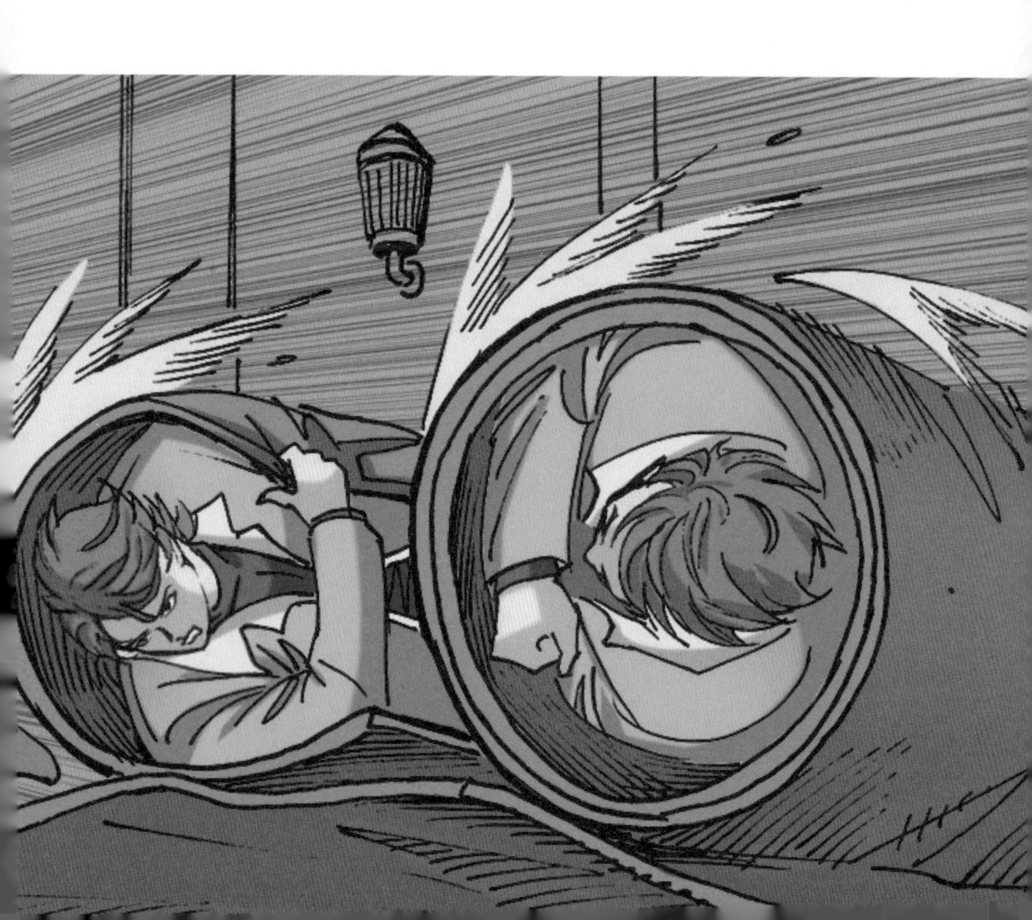

我回到房中，看見覺度士面色發青，已經死去。他的手還遮在面上，但手掌上卻中了三枚毒針。

我感到駭然，這種奪命的毒針，已經出現過好幾次了，而且每次死於毒針下的，似乎都是和張小龍失蹤事件有關的人。

我已經既機警又幸運地逃過了兩次毒針的襲擊，如果我繼續在張小龍的事件上調查下去，是否還能逃得過第三次毒針襲擊呢？

我不知道發毒針的人，或是他的主使者，是否和張小龍的失蹤有關，但至少可以肯定，這一方勢力，不希望其他人調查張小龍的事情，而覺度士、勞倫斯和羅勃楊都因此被他們清除掉了。

我匆匆離開了酒店，覺得有必要見一見張海龍，交代最新的情況，並且提醒他和他的女兒要多加小心。

我馬上截了一輛**的士**，前往張海龍的住所。

沒有多久，的士就在一幢十分華麗的**大洋房**前面停了下來。

我下了車，抬頭望去，那幢華麗的大洋房，和張海龍的身分非常脗合。我走到門前，剛要按**門鈴**，大鐵門便自動打開，一輛汽車幾乎是疾衝而出，如果不是我身手敏捷，只怕來不及閃避，已遭它撞倒在地了！

我及時向旁躍開，而車子也隨即緊急煞停。我認得這輛**勞斯萊斯**，只見張海龍幾乎是從車裏跌出來一樣，連站也沒有站穩，便向我奔過來。

我連忙迎上去扶住他，只見他**面色灰白**，不斷喘着氣，好像遭受了極大的打擊。我連忙說：「張老先生，你鎮定一些，慢慢來，到底發生什麼事？」

他仍然喘着氣説：「衛先生……我正要找你，小娟……她落在歹徒的手中了！」

我不禁驚訝地叫了出來：「不會吧？」

只見張海龍已急得落淚，「我剛才收到歹徒的電話，要我親自去見他。」

「

你都準備好了？他們要求多少錢？」我問。

但張海龍搖搖頭，「他們不要錢。」

這令我更感驚訝了，「那他們要什麼？」

「他們想知道小龍的下落，我已經説我也不知道，但他們堅持要我去見面。」

「不要去！應該報警！」我説。

但張海龍很擔心，「不！他們警告我不要報警，否則以後見不到小娟！」

我嘆了一口氣，「張老先生，這幾天來，我發覺令郎失蹤一事，牽涉甚廣，而且有不少人因此死亡，其中包括一名$巴西$富豪$和一個販賣人口的**犯罪分子**！」

張海龍的面色變得更蒼白，「那會不會小龍和小娟也……」

我安慰道：「你不用擔心，這事就讓我來處理吧，對方約你到哪裏見面？」

「**山頂茶室**。」

「好，我代你去。」

第十四章

又一方勢力

我借了張海龍一輛車子，開車駛往**山頂**，不到十五分鐘，我已在山頂茶座呷着**咖啡**了。

我從張海龍的車裏取了一本以他作封面的**財經雜誌**，放在桌上，希望歹徒看到了，會明白我是張海龍派來的代表。

茶室中連我在內，只有四個客人。其中兩個是情侶，正在卿卿我我，大談情話。

還有一個**大鬍子**，是外國人，正獨個兒看着一本厚厚的小說。

我也裝出十分悠閒的樣子，慢慢地呷着咖啡。

不一會，只見一個體格十分強壯，年紀很輕，面目也十分清秀的外國人，走進了茶室，他四面瀏覽了一下，眼睛停在我放於桌上的那本雜誌封面。

我心中立即緊張起來，他卻面帶笑容，來到了我的旁邊，指着雜誌封面上的張海龍説：「你也欣賞這位$商人$嗎？我一直都希望能認識他。」

他講的居然是十分純正的國語，我對他報以禮貌的微笑，説：「可惜大人物都公事繁忙，像這樣在茶室裏喝喝咖啡聊聊天，只適合我這種閒人來做。」

他一聽就明白我的意思，拉開了椅子，坐在我的對面，微笑着打招呼：「你好。」

我也欠了欠身説：「你好。」

他向侍者招手，點了一杯檸檬茶，這次説的

卻又是十分純正的英語。我一時之間還猜不透他的來路。

「我叫**霍華德**，跟張先生通過電話。」他自我介紹，指了指那雜誌的封面。

霍華德直言不諱，面上毫無畏懼的神色。我也坦然地說：「我是代他來的，**我叫衛斯理**。」

他一聽到我的名字，不禁**愣了一愣**，「你……你就是衛斯理？」他一面說，一面露出了不相信的神色。

我撥了撥頭髮，開玩笑道：「請原諒我今天來不及梳頭。」

但霍華德卻收起了笑容，帶點**不屑**地說：「原來衛先生是為張先生服務的！」

我聳了聳肩，「可以這麼說。言歸正傳了，給你用**卑劣**手段綁去的張小娟，如今在什麼地方？」

「她很好，你大可不必擔心。」

我看着眼前這個霍華德，心裏在忖測着，他會不會就是一直用毒針殺人的**兇徒**？如果真是他的話，那麼我現在的處境可謂相當危險；但如果不是他的話，那麼他就是新的一方勢力，這件事變得愈來愈複雜了。

我想弄明白他的身分，故意冷冷地說：「恕我直言，我不願和一個卑劣到去綁架弱質女流的人打交道，換你們的首領來見我吧！」

霍華德面上一紅，「不錯，我所採取的手段，可以用『卑劣』兩個字來形容，但你說她弱質，那倒未必！」

他一面說，一面捋起衣袖，向我展示小臂上的兩排牙齒印。

我想像着張小娟發狠咬人的情景，心中不禁好笑。

霍華德嚴肅地說：「而且，在這裏，我就是首領。」

「**你真的是首領？**」我鍥而不捨地確認他的身分。

怎料他對我的疑竇更深，「你真的是衛斯理？」

我不禁苦笑了一下，提起杯子說：「要拿我的口水去驗**DNA**嗎？」

霍華德哈哈一笑，「不必了，只是據我所知，衛斯理是一個傳奇人物，不會當億萬富翁的走狗。」

我不知道霍華德是什麼來歷，但他顯然對富豪或者張海龍本人很有成見。

「廢話少説了。不管你是誰，我只想知道，張小龍到底在哪裏？」霍華德直截了當地問。

我的語氣也很強硬，「如果你不立即釋放張小姐的話，我們只好報警處理！」

此時霍華德突然揚起右手來，我還擔心他會射出毒針，差點想凌空躍起，但我留心一看，原來他在掌心中捏着一柄十分精巧的小手槍。

那手槍才兩寸來長，只可以放一發子彈，而子彈也不過一公分左右。我相信，他的手放在桌上時，已經將這柄手槍壓在手掌下了，我**一時不察**，原來他早已用槍口對準了我！

「面上保持**笑容**，不要有恐懼的樣子。」他警告道。

我便依他所言，堆起了笑容說：「實不相瞞，張海龍也不知道自己的兒子去了哪裏。」

但霍華德很**固執**，依然是那副多疑的嘴臉，「你回去告訴張海龍，隱瞞他兒子的下落，對他一點好處也沒有！」

這句話如果給張海龍聽到了，一定會大發脾氣，因為實際上，他對於兒子的失蹤，可能三年來都**寢食難安**，而現在竟然有人懷疑他隱瞞了張小龍的行蹤。

「我十分同意你的話，隱瞞張小龍的下落，對張海龍一點好處也沒有。所以，**他為什麼要隱瞞呢？**」我轉了一個說法來反問他。

霍華德冷冷地說：「因為張小龍是一個十分危險的人物。」

我反駁道：「據我所知，他只是一個埋頭於科學研究的**科學家**。」

「問題就在他的研究上，他發明了——」

霍華德講到這裏，忽然停住，不再講下去。我本來正全神貫注地聽着他講的話，見他忽然住口，心裏自然**大感懊喪**。

我發現霍華德的面色突然一變，他的眼睛望向一旁，我也循着他的視線看去，只見一個**印度人**正走進茶室。那印度人並沒有注意霍華德，但霍華德卻猛地轉回頭來，好像怕被那印度人看到。

他急匆匆地對我說：「總之，你回去告訴張海龍，想他女兒安然無事的話，就拿張小龍的下落來交換。你叫他好好想清楚吧，我會再聯絡他的！」

霍華德站了起來，倉促地轉身離去。我本來還考慮着要不要跟蹤他，但我留意到那個印度人望着霍華德的背影，面上露出了可怖的神色來。

剛才那印度人進入茶室時，霍華德刻意避開他的視線，而且還趕着離開似的；如今，那印度人看見霍華德，又露出了這樣怪異的神色，使我毫無疑問地相信，他們兩人是相識的。

與其跟蹤一個對我充滿敵意，而且帶着手槍的人，我倒不如從那印度人的口中，探聽霍華德的來歷。

我目送霍華德離開後，便走到那印度人的面前，老實不客氣地坐了下來。那印度人十分緊張，連忙說：「什麼

事？我已經沒有幹了！」

從他這樣異常的反應，我便知道他和霍華德果然有着特殊的連繫。

我故意順着他的話接下去：「你真的沒有幹了？」

那印度人忙道：「當然，我現在是正當商人，開了一間**綢緞店**！」

我冷笑着問：「那以前呢？」

他尷尬地笑了一下，「以前是以前的事，如今我真的沒有幹。我要是再幹，霍華德先生還肯放過我麼？」

我俯身向前，試探地說：「***你應該很清楚，霍華德是什麼人。***」

而他的回答卻出乎我意料。

第十五章

那印度人面上露出極驚恐的神色說：「我當然知道，他是**國際緝私部隊**的一個負責人，但那是以前的事了，難道……你就是接替他的人？我真的已經洗手不幹了，請你不要誤信過時的**情報**啊。」

我連忙追問：「那麼霍華德現在是什麼身分？」

「據說，他不是已經調任到國際警方，擔任一個——」那印度人講到這裏，猛地醒悟，說：「等等，你怎麼好像不知道他的身分？你不是他的同僚？」

我笑了一笑，「**謝謝你提供的資料**。」

那印度人**目瞪口呆**，而我則轉身離去。

我先和張海龍通了一個電話，既然我已知道霍華德是**國際警方**的人員，我可以很鄭重地向張海龍保證，他的女兒絕對不會有什麼意外的。

我本來打算先把車子還給張海龍，然後自己再截**的士**回家的，可是我忽然接到了老蔡的電話，他説有一位名叫霍華德的先生來找我。我有點訝異，便叫老蔡好好招待着霍華德，我馬上就回去。

在回家途中，我感到這件事情的嚴重性，居然會驚動到國際警方，派出曾經是國際緝私部隊的負責人來這裏，而且還要採取擄人脅迫的手段，實在**非比尋常**。

而霍華德離開**山頂**後，馬上就去我家裏找「衛斯理」了，這説明兩點：第一，他果然不相信我就是衛斯理；第二，國際警方要他找衛斯理合作。

我到了家，老蔡連忙向我説明：「就是這位霍華德先生想見你。」

只見霍華德坐在大廳的沙發上，**驚訝**地望着我，「你……你真的是衛斯理？」

我微笑道：「是的，你現在相信了麼？」

但他立即站起來要離開，「那麼打擾了。」

我連忙上前留住他，「請等等，你不是來找我合作的嗎？」

霍華德對於我知道他來這裏的目的，露出了一絲訝異的神情，然後說：「本來是，但現在不用了。」

我笑了一笑，非常客氣地請他坐下，「請坐，你的身分，我已經知道了。」

霍華德坐回沙發上，聳聳肩道：「那沒有什麼秘密。而你的身分我也知道了，你確實是衛斯理，但也是和張海龍一伙的。」

「我不知道你對張海龍有什麼成見，但我確實是在幫他辦一件事，因為他的兒子已經失蹤三年了。」我說。

霍華德猛地一愣，面上露出不相信的神色，「**張海龍的話不可信**。」

剎那之間，在我心頭又浮起了無數的問題來：霍華德為什麼會這樣**厭惡**張海龍？難道國際警方掌握了張海龍的什麼資料？會不會張海龍委託我尋找他的兒子，只是在**利用**我？而張海龍在這件事當中，究竟扮演着什麼樣的角色？

種種問題在我腦袋裏盤旋着，使我一時之間墮進了**迷霧**之中。

霍華德又站起來，「衛先生，我會將我們見面的經過情形，詳細向我的上司報告——我相信你知道他是誰。」

我點頭道：「不錯，我認識他，我們合作過。」

「那我先走了，再見！」

「**且慢！**」我叫住他。

霍華德站定在門口，回頭問：「還有什麼事？」

我盡量將語氣放得十分友好，說：「如果我們能攜手合作，一定能使事情更快水落石出的。」

但霍華德斬釘截鐵地說：「**不能！**」

他一面說，一面退出了門口。我一個箭步躍了上去，將**門把**握住，站在他的面前說：「那麼張小娟呢？」

霍華德沉聲道：「只要張海龍肯將兒子的下落說出來，張小娟便可以自由。你要知道，國際警方有時不得不施用一些特殊的手段。當然，你不會擔心她的待遇或**性命安危**，但對於張海龍來說，身嬌肉貴的女兒被人帶走，也夠他難受的了。」

「就像他找不到兒子一樣，痛心不已。」我故意這樣說。

但霍華德不理會我的諷刺，轉身就離開了。

我嘆了一口氣，上樓走進了書房，坐了下來。

事情不但沒有解決，而且變得愈來愈**複雜**，如今連張海龍也成為可疑的人了。但我將我和他結識的全部經過，仔細地回想了一遍，沒察覺到任何不妥當的地方。如果張海龍知道他兒子的下落，卻故意利用我的話，那麼，他堪稱是**世界上最好的演員**了。因為每次提及他兒子失蹤的事，他所流露的悲傷，都是那麼的自然和真摯！

我相信霍華德一定是對他有着什麼誤會。

接着，我去了一趟張海龍的住所，將車子還給他，但我並沒有把**綁架者**的身分告訴他，只是再次向他保證，張小娟一定可以平安歸來。

晚上我回到家裏，手機便響了起來，是表妹紅紅的來電，她興奮地叫道：「表哥！表哥！」

我連忙問：「紅紅，我託你去辦的事，你辦好了麼？」

「當然辦好了。」紅紅説得**十分神氣**，使我覺得她一定查出了什麼重要的線索。

我迫不及待地問：「調查的結果怎麼樣？快說**！**」

紅紅一邊**自誇**，一邊講述她查到的資料：「張小龍在他的**畢業論文**中，提出了一項生物學上前所未有的**理論**，可是這理論被視為荒謬。」

「那項理論究竟是什麼？」我追問。

但紅紅居然說：「我不知道。」

我氣得大叫：「最重要的事情都沒查出來，你神氣什麼！」

紅紅立刻不忿地解釋：「審閱畢業論文，只是幾個教授的事，而且論文在未公開發表之前，是**保密**的。我能調查到這個地步，已經很了不起了！況且，我還查出了很驚人的事情。」

我只好向她賠個不是，求她盡快把所知的說出來。

她哼了一聲，便繼續以**神氣**的態度說：「張小龍在撰寫畢業論文時，絕不肯讓其他人知道內容，所以只有七個教授，知道張小龍所提出的新理論。而**最驚人**的是，這七位**生物學教授**，在這三年來，都陸續**死於意外！**」

這確實震驚了我，七個人陸續死於意外，那就很可能不是意外了！

一定有一個力量很大的**組織**，在竭力地使張小龍的理論，不為世人所知。而之前我遇到的幾宗**毒針暗殺案**，很可能也是這個組織所為。

我接着又向紅紅追問了許多細節，但她能查到的就只有那麼多。我由衷地感謝了她的幫忙，然後便掛了線。

那天晚上，我**破天荒**第一次小心地關了所有**窗戶**，又檢查了房間裏一切可以供人隱藏的地方，直到我認為安全了，才懷着極大的警覺心去睡。

一夜無事，第二天早上，我很早就起了牀。

我在陽台上作例行的功夫練習之際，看到一輛**汽車**駛到我家門前，誰會這麼早來找我呢？我細心看着從車子裏跨下來的人，竟然是霍華德。

第十六章

明白事情的嚴重性

我知道霍華德來了，立即親自下樓去開門，熱情地說：**「歡迎，我們又見面了。」**

但他的神情十分憔悴，顯然昨夜沒睡好，他無奈地說：「我的上司給了我一個***指示***，叫我要不顧一切，拋棄所有成見去相信你，邀請你合作。」

「你的上司極其英明。」我幾乎豎起拇指大讚。

霍華德聳了聳肩，「既然他說一切後果由他承擔，那就好吧。」他伸出了手來。

我和他**握手**，第一句話便說：「你那位上司能替你承

擔責任，卻未必可以保住你的**性命**，所以我提醒你一句，時刻要小心**！**」

霍華德似乎不信，我一面吩咐老蔡**煮咖啡**，一面邀他到樓上書房中，將我從年三十晚遇到張海龍起，直到今日為止，這幾天裏所牽涉的事，詳詳細細地向他說了一遍。

霍華德在我敘述的整個過程中，都聚精會神地聽着，兩個多小時的談話，他只講了兩句話。一句是當我說到我進入了張小龍的**實驗室**，看到一頭**美洲黑豹**正在津津有味地嚼着青草時，霍華德用力拍了一下大腿說：「他竟然成功了！」

第二次，是當我說到，我親眼看到「**妖火**」之際，他禁不住問：「你會不會是眼花？」

我把自己所知的，都言無不盡，講完後，霍華德也對我改觀了，再一次和我握了一下手，說：「真不錯，你是一個值得合作的伙伴，我先叫他們放了張小娟。」

我提醒道：「切勿讓張小娟知道這一切。」

霍華德發了一條手機訊息後，便對我說：「你果然細心，任何人知道或者企圖知道張小龍的新理論，都會成為**神秘歹徒**殺害的目標。這方面請你放心，張小姐甚至連我們的身分也不知道，以為我們只是勒索贖金的**綁匪**。」

我點了點頭，「嗯。我的部分交代完了，那麼，你們是怎樣查起張小龍這個人來？」

霍華德謹慎地看看四周，然後低聲說：「**國際警方**開始注意到這件事，是因為有一位生物學教授，在一次人為的汽車失事之後，仍活了半小時，就是在這半個小時裏說出來的。」

「説了有關張小龍的理論？」我也小心翼翼地低聲問。

他點了點頭，「張小龍提出了一種可以改造全部動物的新理論，他認為**內分泌**是可以控制的，而控制了內分泌，便可以**改變一切動物的習性**！」

「例如呢？」我依然不太明白。

「例如你親眼所見——使最殘忍的美洲黑豹，變成馴服的**食草獸**。他已經成功了**！**」

我差點失聲驚呼起來，終於明白整件事情的**嚴重性**了。這項發明如果為**野心家**所掌握的話，那麼，人類發展的歷史也會有**翻天覆地**的改變。因為張小龍既然能將美洲豹變為食草獸，將幾萬年來，動物的遺傳習性改變；那麼，自然也可以使人的性格，大大地改變，可以使人變成具有美洲豹般的殘忍性格，也可以使人像**牛**一樣，受另一些人所役使。

我驚呆了好一會，才深吸一口氣説：「我明白了。但你們為什麼會對張海龍起了**疑心**？」

「因為發動這個**大陰謀**的最佳地方，就是**巴西**。巴西地大，物種豐富，適合各種實驗研究。張小龍曾在巴西逗留過，而他父親張海龍恰巧在巴西最荒蕪的地區，擁有大批地產，卻一直未有發展。」

我想了一想，說：「就算是這樣，也不能證明張海龍與事件有關。」

「不錯，我們沒有確實證據，只是懷疑他而已。這事件有太多神秘的地方了，我們必須提高警覺，對任何相關人士都要提防。」霍華德頓了一頓，凝重地說：「你知道嗎？這幾年來，凡是知道這件事的人，幾乎都死亡殆盡了！」

我點了點頭，「所以，我和你都十分危險。」

「對。一連串神秘的謀殺，起先是在美國展開的，後來移到了南美，最近更轉移到這裏來。不過，兇殺案還是其次，國際警方最擔心的，是萬一有野心家掌握了張小龍那種技術，使得一些大國的高級官員、軍事將領，甚至領導人，改變了習性，變得任由野心家役使的話，後果會怎樣，你能想像得到嗎？」

我面上不禁變色，一句話也說不上來，因為那後果實在是太可怕了！

霍華德見我半晌不出聲，一隻手搭在我的肩膀上說：「**我們必須阻止這件事發生！**」

我嘆了一口氣，「但問題是，每次當我追蹤到相關的人，以為可以查出真相之際，那人就忽然神秘遇害了。如今只怕這些線索已經斷絕得八八九九，不知道可以從哪裏查起。」

霍華德皺着眉，面上露出茫然的神色。

我想了一會，忽然靈機一動說：「我們**唯一**的辦法，便是

用自己作餌。」

霍華德一聽就明白我的意思，大表認同：「對！野心家要害死所有知道這件事的人，以便他們的**陰謀**能秘密進行。而我們兩個人也知道得太多了，還鍥而不捨地追查下去，他們一定不會放過我們。」

我們互相點了一下頭，認同這個策略。霍華德説：「我要先回去消化一下你剛才告訴我的這些資料，並且做好各方面的準備工作。」

「好，我們再通消息。」我説。

霍華德伸出手來，「很高興可以和你合作。」

「我也是。」我和他握了一下手，有一種**識英雄重英雄**的感覺。

霍華德走了之後，我將自己關在書房中，也慢慢消化着從霍華德那裏得到的資訊。

這是相當費神的行為，我思考了一會，便開始昏昏欲睡，是手機的**鈴聲**♪忽然驚醒了我。

電話是張小娟打來的，看來她已經獲得自由了，她的來電十分簡單，只有一句話：「衛斯理，你在家中等我，我立刻就來找你！」

她來找我幹什麼呢？不是應該先去見見父親嗎**？**從她剛才的語氣，加上直呼我的名字，而不是叫「衛先生」，我隱隱有一種**不祥**的預感。

約莫十五分鐘之後，門鈴聲響起，接着是老蔡的開門聲，我同時聽到老蔡問道：「小姐，你找誰？」

我便向下面大叫道：「老蔡，請張小姐上來！」

老蔡答應了一聲，接着我便聽到高跟鞋上樓梯的「**咯咯**」聲。

我站了起來，走向書房門口準備迎接來賓之際，突然聞到一股濃烈的香水味。

但在我的印象中，張小娟從來不會用這麼濃烈的香水。

我感到有點不對勁之際，書房門已經被推開了。我看到兩件意料之外的東西，一件十分可愛，而另一件則可怕之極。

那可愛的，是一張吹彈可破、白裏透紅的美人臉龐，當然，不只臉兒美麗，身材亦十分妙曼。

然而，大煞風景的是，那樣一個大美人，手中卻握着一柄殺傷力極大的德國製點四五口徑**手槍**。而且，槍口對準了我！

第十七章

眼前這位持槍指住我的大美人，並非張小娟。她看來像東方人，但是卻又有西方人的情調，我肯定她是個**混血兒**。

她嘴角帶着微笑，雖然穿著高跟鞋，像競選**世界小姐**似的站着，但是從她握槍的姿態來看，一望便知她是受過嚴格軍事訓練的人。

「**遊戲結束了！**」她以純正的英語説：「有人要見你，跟我走吧！」

我竭力使自己顯得從容不迫，問：「到什麼地方去？」

她笑了笑，「多嘴的人什麼也得不到，反倒是沉默可以了解一切。」

她說的是一句**諺語**，我立即想起，這樣的諺語，流行在**南美洲**一帶，難怪這個女子有着東西方混合的美麗，原來她也是來自南美的。

在槍口的威脅下，我不得不站了起來。她隨即向後退了開去，和我保持一定的距離，提防我趁機反撲。

她如此機警，令我不敢**輕舉妄動**。她吩咐道：「你走在前面，裝出若無其事的樣子來，為了性命，我相信你會是一位好演員的。」

我走到書房的門口，心裏在盤算，只要到了樓梯口，我便可以逃脫了。因為就在那樓梯口上，我設計了一道**活門**，平時鋪着一小方地氈，根本看不出來，開關就在樓梯的扶手底部，一按下我的指紋，活門便會打開，我整個人會跌進地窖去。

我計劃得很好，如果不是那一陣驚心動魄的門鈴聲，五秒鐘之後，我已經可以置身地窖之中，從後門逃出去了！

那一陣門鈴聲，使我和那女子都停了下來，她側身躲到了門後，沉聲警告道：「別耍花樣，我仍然在你的背後！」

我只好呆呆地站着不動，張小娟幾乎是衝上來的，老蔡攔也攔不住，我對老蔡説：「是認識的，你外出一個小時，我有一些私事要談。」

我這麼説，是順便打發老蔡離開，免得他被殃及池魚。

老蔡退去後，只見張小娟怒容滿面地望着我，雙手插腰，叫道：「**衛斯理！**」

我應道：「你好。」

張小娟「**哼**」了一聲，「我問你，你為什麼派人將我押了起來？」

我不禁一愣，「張小姐，這話從何說起？」

她冷笑道：「如果與你無關，你又怎麼能如此肯定地向我父親保證，我能夠安全歸來？」

我連忙勸道：「這事說來話長，你還是快回家陪伴父親吧，我改天再到府上解釋清楚。」

但她堅持不走，「給你幾天時間去想藉口嗎？不行！你現在就要解釋清楚！」

我心中急到了極點，張小娟卻不知道，在我的書房中，有一個極其危險的人物，正拿着槍，隨時可以取去我們的性命。我必須想辦法趕走張小娟，免得她受牽連。

我想了一想，突然大聲說：「張小姐，我已經心有所屬了！」

張小娟呆住了，「你在胡說什麼？」

「我不知道自己做了什麼事，令你有所誤會，使你想盡辦法要接近我，纏繞我。」我說這句話的時候，也覺得自己很厚顏。

只見張小娟**氣**得**漲紅了臉**，罵道：「衛斯理，你這個**無賴！**」

「我對你一點感覺也沒有，請你離開！」我一面說，一面向樓梯下一指，只求她快快離去，免遭**毒手**，其他的事我都顧不上了！

張小娟的胸口急速地起伏着，可知她的心中非常憤怒，狠狠地説：「我今天才看清楚你的為人！我不會再和你合作！」

她一個轉身，衝下了樓梯，然後響起一下非常重力的關門聲，我幾乎感受到屋子震動了一下。

我鬆了一口氣，但背後那女子卻隨即笑道：「你這樣拒絕一個好女子，真不懂憐香惜玉啊。」

我笑説：「如果你禁不住對我動了情，我也會一樣直接拒絕你的。」

「是麼？」那女子用槍口頂了一下我的背部，命令道：**「可以走了，自大狂！」**

我聳了聳肩，向前走去，她跟在後面。當來到樓梯口的時候，我忽然轉過頭來，那女子立刻警覺地向後退了兩步。我正是要她後退，右手隨即握住樓梯扶手，在**感應器**上壓下我的**指紋**，地板一鬆，我便向下掉落去了，而**暗門**很快亦重新關上，令那女子無法追來。

我聽到那女子發出一聲**驚叫**，心中暗自竊喜，而我的身子已經落在一堆雜物上面。

我連忙爬起來，伸手開了電燈，準備從地窖的門逃出去之際，卻被眼前的畫面嚇了一跳。因為有四個滿面橫肉

的**漢子**，正冷冷地望着我，而且他們手中同樣有着殺傷力極強的**德國****軍用手槍**。

我自然不敢亂動，過了沒多久，那女子便滿面怒容地來到地窖，纖手一揚，向我的面上摑來，而我卻舉起手掌，與

她**擊掌**，氣得她暴跳如雷，怒喝道：「***帶這混蛋走！***」

那四個大漢答應了一聲，便押着我走。我走在前面，他們跟在後面，只見後門已停着一輛十分**華麗**的***車子***，車上又躍下兩個大漢來，一共七個人將我擁上了車，那個女子緊緊地靠着我而坐，車子迅即飛馳而去！

我刻意招惹那女子，說：「你這樣緊貼着我來坐，我沒辦法不懷疑你真的對我動了心。」

「***住嘴！***」她怒吼。

坐在前面的一個大漢笑道：「衛斯理，我勸你不要得罪**莎芭**，否則大把苦頭等着你吃。」

「原來是莎芭小姐，名字相當好聽，可是我不會因為名字好聽而愛上一個人。」我繼續**嬉皮笑臉**地刺激她，希望能使她魯莽出錯，給我逃走的機會。

莎芭眼中射出了火一樣的光芒，**憤怒的以葡萄牙語罵了我一句髒話，我幾乎忍不住笑了出來。**

「開快一點！」莎芭按捺不住了，不斷催促司機。

由於車子開得太快，每當拐彎的時候，不是我壓向莎芭，就是莎芭壓向了我，我立刻向司機投訴：「你是故意幫莎芭製造機會的！」

「什麼機會？別再**胡言亂語**！」司機粗聲粗氣地説。

「就是意外吻到我的機會啊！」我面不紅耳不熱地說。

我看到他們幾個大漢正在努力地忍着笑，而莎芭那顫抖着的手，幾乎想對我開槍。

車子在一個十分僻靜的海灘邊停下，莎芭和那幾名大漢將我撥出了車子。

我看到有一艘  **快艇** 正泊在海邊，莎芭喝令道：「上艇去！」

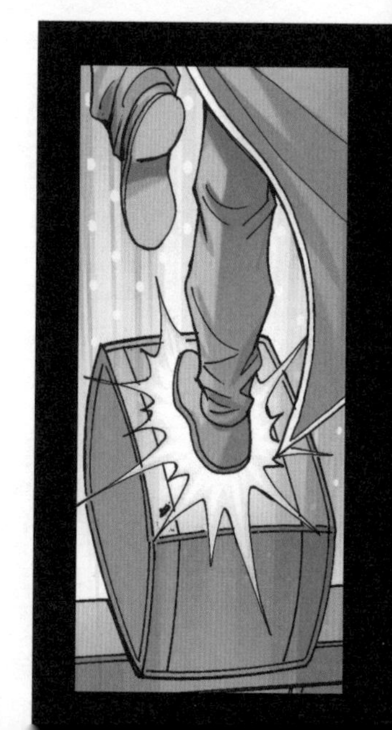

我表現得非常合作，來到水邊，一躍上艇，但我並不是直接躍到艇上，而是先踏在小艇尾部的馬達上。表面看來很平常，但實際上我已經暗中將 **馬達** 的內部踏壞。

他們陸續上艇來，小艇擠得很，莎芭則在船首，不再靠着我。一個大漢嘗試發動馬達，但足足花了十來分鐘，馬達仍是不動。

莎芭不耐煩地問：「蠢才，怎麼回事？」

「馬達壞了！」那大漢說。

我心裏正在偷笑之際，莎芭卻怒目瞪住了我！

第十八章

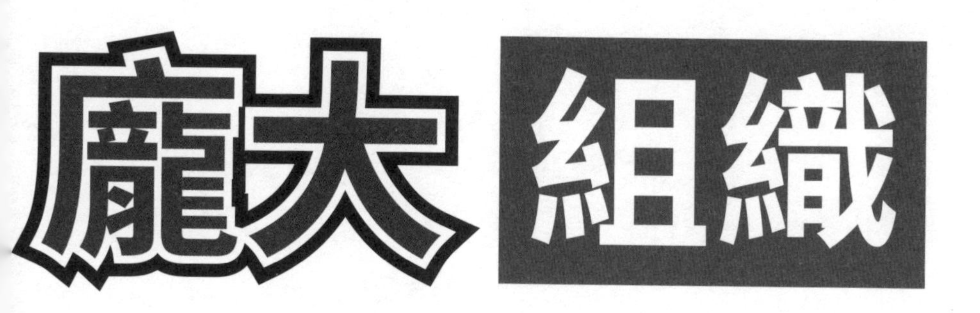

我假裝若無其事地望着大海，心中卻十分佩服莎芭想到破壞馬達的人是我。

這時我在想，趁他們忙着修理馬達的時候，我便可以找機會逃走了。可是我的**如意算盤**打不響，小艇已經開始駛離海灘了，因為莎芭下令以船槳替代馬達，直接划出大海！

在六個大漢輪流划動之下，小艇很快便划出了兩三里，莎芭四面望着，沒有多久，便叫道：「來了！」

我循她所望的方向看去，有一艘白色的遊艇正破浪而來，速度奇快。

不一會，那遊艇已來到小艇的旁邊，停了下來，我又是第一個踏上遊艇的人，莎芭跟在我的後面，推着我走進了船艙。

船艙裏有一個男人在獨自玩着撲克牌。我和莎芭走了進去，他一面玩着撲克牌，一面問：「衛先生來了麼？」

「對，他來了。」莎芭回答。

「請他坐下。」那人說。

我早已老實不客氣地在他對面的沙發上坐了下來，而且可以看清他的面容。

他是一個中年人，面上有着一道疤痕，神情十分冷峻，看樣子應該是歐洲人。

我在他的面前坐了下來之後，他仍然在玩着撲克牌。我足足等了五分鐘，他連看都不向我看一眼，我按捺不住，鼓足了一口氣，「呼」地一吹，把他面前的紙牌全部吹得飛揚起來。

那人以出乎我意料的身手，拔出了**手槍**，在紛飛的撲克牌中「砰砰」開了兩槍，我只感到兩邊鬢際一

陣灼熱，伸手摸了摸，發現**頭髮**都焦了一片。

我不禁呆了半晌，槍法準，我自己也有這個本領，但是在那麼短的時間內，面前隔着一片片雪花紛飛般的撲克牌，卻依然能射出兩槍，使子彈刻意在我的兩邊髮際擦過而不殺我，這實在是難以想像的**絕技**！

那人冷冷地望着我，「我不喜歡開玩笑。」

我亦冷冷地說：「我也不喜歡開玩笑，你請我來這裏幹什麼？」

那人以十分優美高傲的姿態，將手槍放回衣袋，說：「有人要見你。」

我本來以為，這個槍法奇準的中年人，大概就是集團首腦了。但如今聽他這樣說，分明他還不是首腦。

我立即問：「**什麼人要見我？**」

那人依然很冷傲，「很快你就知道。」

他說的「很快」，其實一點也不快，遊艇駛了近兩個小時，我才聽到一陣「**軋軋**」的機動聲，自天空上傳下來。

我抬頭看出去，心中不禁大吃一驚，我看到一架小型水上飛機降落在水面上，而我們這艘遊艇正是向那架水上飛機駛去。

遊艇在水上飛機旁邊停下，那中年人站了起來說：「走吧。」

我和他一起跨出遊艇，從遊艇經跳板來到那架水上飛機。這時我本來有潛水逃走的機會，但我並沒有這樣做，因為我要看看這個規模大到擁有水上飛機的集團，究竟是一個怎樣的組織。

所以，我毫不抵抗地上了水上飛機，那中年人在我後面的座位坐了下來。莎芭並沒有跟來，機艙中，除了我們兩人，還有四個原本就在那裏的大漢。

我們一上了飛機，飛機便立即發出轟轟的聲音，在水面上滑行了一陣，向天空飛了出去。

飛機是向南方飛的，放眼望去是一片大海，和幾個點綴在海面上的小島。

我索性閉目養神，約莫過了一個多小時，飛機漸漸地下

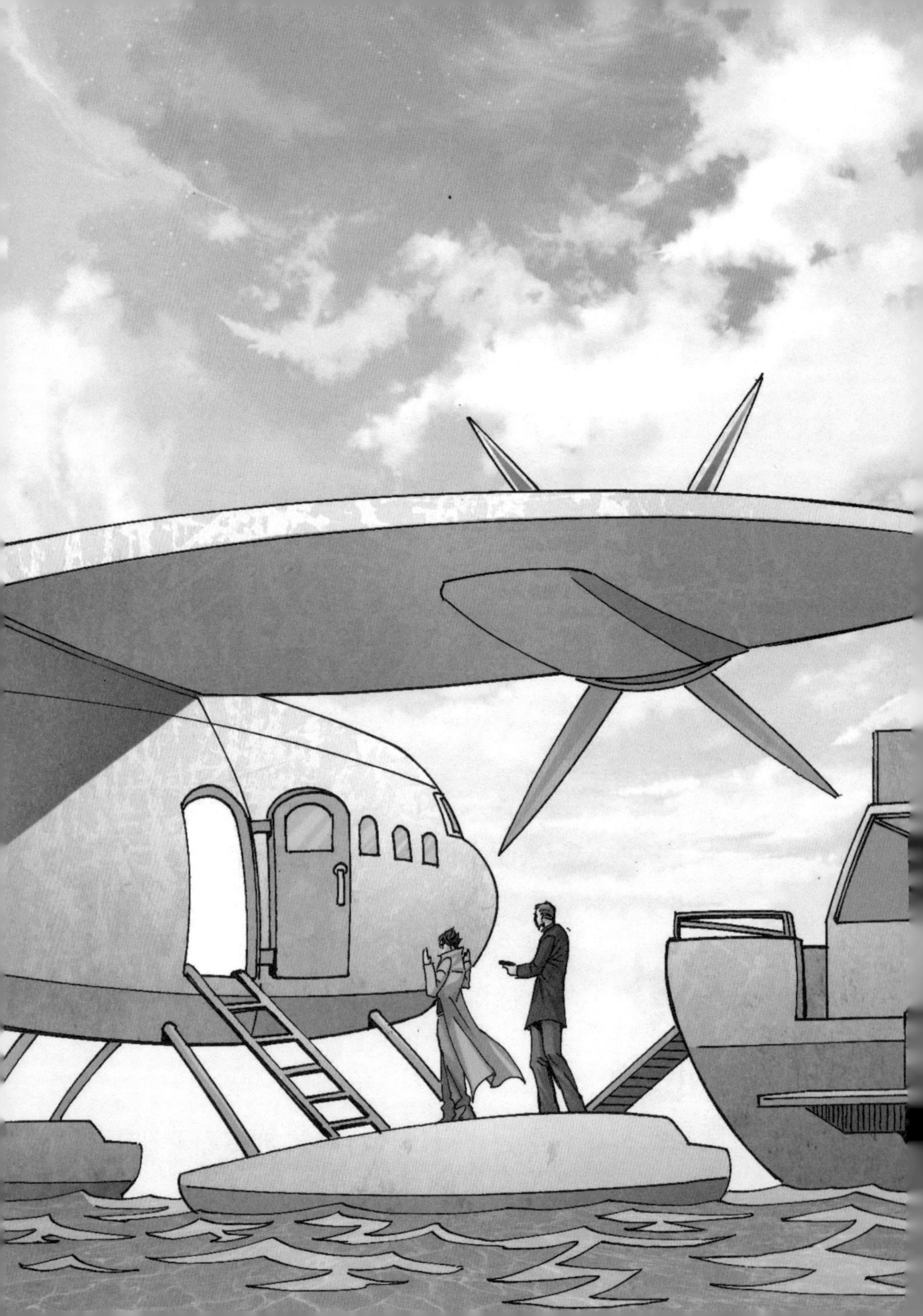

降。我本來以為這架水上飛機一定會將我帶到一個無人的荒島上。但當我睜開眼睛一看，發現飛機只是**降落**在另一片**汪洋**之中。

而海面上，又有一艘遊艇正駛過來，在**飛機**旁邊停下，飛機和遊艇之間又搭上了**跳板**。

我又跟隨着他們登上這艘遊艇，進入了**船艙**，發現艙中的陳設和上等人家的客廳一樣，那槍法奇準的中年人走到一扇門前，輕敲了幾下。門內有聲音傳出：「是漢克嗎？」

那人應道：「是，那個中國人，我們已將他帶來了。」

直到這時候，我才知道那**神槍手**叫**漢克**。這毫無疑問，是一個德國人的名字。

我在沙發上坐下，只見漢克推門走了進去，不一會，便和另一個人一起走出來。我老實不客氣地用銳利的眼光打量着那個人。

那人約莫五十歲，相貌平庸，腰微微地彎着，他在我的面前坐了下來，第一句話便說：「你知道我們是什麼人嗎？」

我聳了聳肩，「不知道。你直接說吧。」

那人講的是英語，但是卻帶有**愛爾蘭**的口音，他說：「我奉了我們組織最高方面的命令，要將一項任務交給你去完成。」

我聽了之後，不禁大吃一驚。原來經過了那麼多曲折才遇到的這個人，仍然不是這個**野心集團**的首腦。

我又聳了聳肩說：「我為什麼要接受你們指派的任務？」

那人笑道：「你不是也接受了張海龍的託付，幫他尋找兒子的下落嗎？」

「我決定要幫誰，是我的自由。」我依然擺出

的態度。

「但如果我說，我們可以安排你和張小龍見面呢？」那人說。

這幾天以來我不斷奔波勞碌，多番遇險，全都是為了查出張小龍的下落，如今他們説可以安排我見張小龍，那當然是**求之不得**。但我立即疑問：「你們要我辦的任務是什麼？」

那人説：「説服張小龍為我們服務。」

我聽了他這句話，心中不禁怦怦亂跳。這麼簡單的一句話，卻説明了張小龍仍在世上，而且正被他們**禁錮**着，不肯服從他們，所以這個野心集團才會想到找我來説服他。

我被他們選中的原因，自然是因為我和張小龍都是**中國人**，此外，我亦是他們的潛在敵人，如今將我扣了起來，自然是一舉兩得。

「好吧，我接受你們的任務。」為了可以和張小龍見面，我爽快答應。

那人亦大喜過望，「好，我最欣賞**爽快**的人。漢克，你立即帶他去見張小龍。」

但漢克**面露尷尬**的神色說：「先生，你忘了我沒有資格進秘密庫麼？」

那人笑了笑，「自然記得。但由於你成功將衛斯理帶來，上峰一致通過，將你晉升一級。」

漢克臉上露出了一絲笑容，但隨即消逝，回復**冷峻**。

那人取出一枚**紅色襟章**，交給了漢克，漢克連忙將自己原來扣在襟上的一隻黃色襟章，除了下來。

而我這時才注意到，他上司的襟章是**紫色**的，那當然是他們組織中，分辨職位高低的標誌。

漢克佩戴好紅色襟章，帶我來到遊艇的中心位置，他忽然俯身揭起了一塊圓形的**鐵蓋**，那裏有一條鐵梯通向下面，漢克命令道：「下去！」

我心中充滿了疑惑，漢克冷冷地說：「想不到吧，在遊艇之下，還有**潛艇**護航，現在我們到潛艇去。」

我聽了之後，心中不禁大吃一驚。眼前這個組織如此嚴密，物資充沛，又掌握着尖端的科技，如果再加上張小龍的新發明的話，那麼這批人，不難成為世界的主宰，改寫人類未來的歷史！

第十九章

海底基地

我順着鐵梯向下走，不一會，便到了一個密封的**船艙**之中，有兩個人迎了上來，以奇怪的眼光望着我，漢克開口道：「我要將這人帶到**秘密庫**去。」

那兩人看到漢克的**紅色襟章**，答應了一聲，便走到船艙盡頭的一面鋼門前，輸入了相當複雜的密碼。

不一會，鋼門「**刷**」的一聲打開，一列**鋼軌**伸了過來，在鋼軌上，滑出了一輛猶如小汽車的東西，外形活像一隻巨大的**甲蟲**。

漢克踏前一步，在那個「大甲蟲」上的一個按鈕上一按，便聽到一陣**金屬摩擦**的**軋軋聲**，那「大甲蟲」的蓋打了開來。

我向「大甲蟲」的內部看去，裏面有兩個座位、許許多多的儀表和操縱裝置。

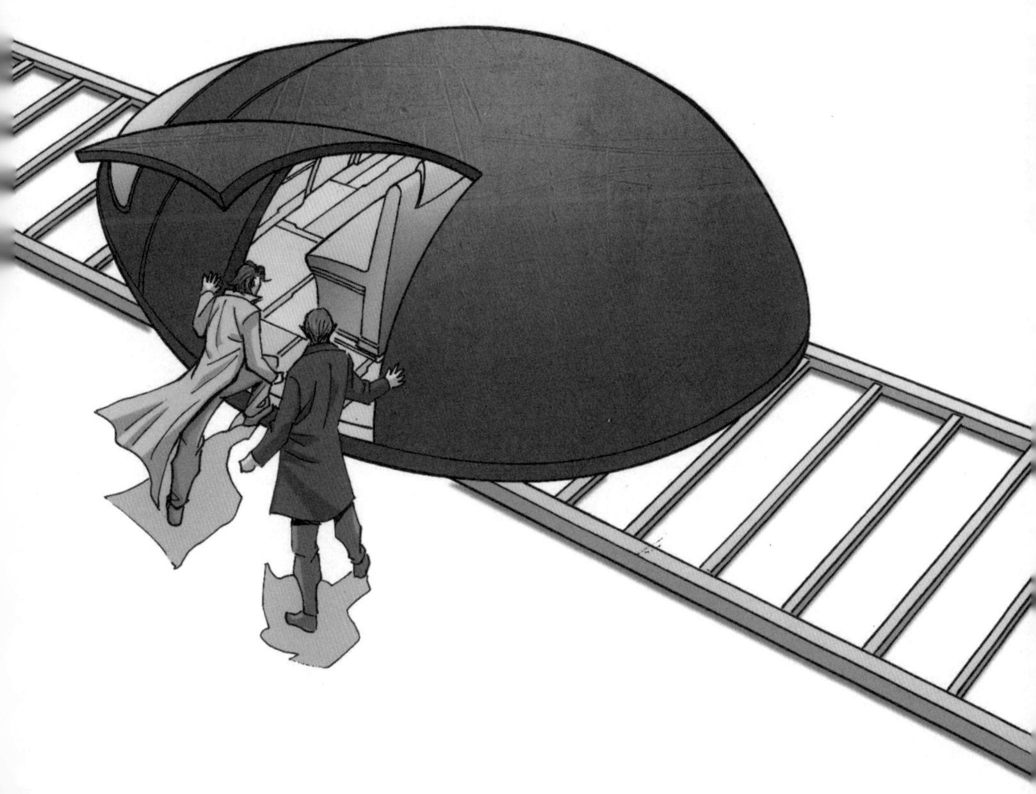

漢克看到我面上疑惑的神情，得意地說：「子母潛艇，你沒有聽說過嗎？在這艘大潛艇中，可以發射九艘這樣的小型潛艇，而每艘小潛艇所載的固體燃料，足夠在海底下遨遊一個月之久！」

我萬萬沒想到這個野心集團竟掌握着如此先進的科技與裝備，心裏起了極大的恐怖感。

當時我的臉上一定顯得非常震驚，漢克神氣地說：「我們的科學家都是第一流的，第一流的人才都加入我們。」

我沒有說什麼，只跟着他跨進那小潛艇，坐好了，漢克一按鈕，蓋子便「軋軋」地蓋上。等到蓋子蓋上後，我才發現整個蓋子是一塊暗青色的玻璃，外面看來如鋼板一樣，但從裏面往外看，卻是一塊透明清澈的玻璃，能把外面的一切看得清清楚楚。

漢克按動了幾個按鈕，一盞小紅燈亮起，擴音器隨即傳來一把聲音：「預備好了？」

漢克回答道：「已經預備好了！」

這時候，擴音器中開始倒數着，從「十」開始，很快就數到最後：「……三、二、一、零！」

一數到「**零**」，我只覺眼前突然一黑，四周響起了極刺耳的聲音，還伴隨着驚人的震動。

但這一切現象只維持了極短暫的時間，轉眼之間，刺耳聲聽不見了，震盪也停止了，從面前的玻璃望出去，在這小潛艇微弱的燈光照射下，我看到了**海底**的景象。

小潛艇雖然十分平穩，但是前進的速度卻極高，這一點我可以從**游魚**的迅速倒退上推測出來。

我平時也愛潛水打魚，卻難以像如今那樣恣意地欣賞着**深海**的迷人景色。只可惜我緊張的心情，使我沒有興致去欣賞優哉游哉的游魚，和色彩絢麗、搖曳生姿的**水藻**。

「**我們究竟到什麼地方去？**」我忍不住問。

「到人類科學的最尖端去。」漢克冷傲地笑了笑，「人們以為近二十年來，人類的科學發展在**陸地**和**太空**上獲得了巨大的進步，殊不知所有的尖端科學，其實全在海底。」

我聽了漢克的話後，心中不禁暗暗吃驚。

沒多久，我看到前面出現了一大堆**黑色**的物體，看起來像是海底的暗礁。但是當漢克駕駛着小潛艇，向前疾衝而去之際，我便發現那絕非礁岩。

第一，在那一大堆黑色的物體上，有着許多看起來像海藻一樣的**管狀物**，直通向海面之上，長度十分驚人，就像一排通風管。

第二，當小潛艇駛過之際，在那一大堆黑色的物體中，竟亮起了三盞**紅燈**。我心知已到達目的地了，而這堆

貌似礁岩的東西，根本就是一座龐大的**海底建築物！**

小潛艇慢慢地減速，不一會，便來到了那三盞紅燈之前。漢克按動了幾個按鈕，似乎是發出確認信號。未幾，在**水藻**掩映中，我看到那三盞燈之下，打開了一扇門，裏面是一個十分深的**洞穴**，小潛艇隨即向洞穴中駛去，眼前忽然一片漆黑。接着，潛艇便完全停了下來，隨之而來的，又是一陣劇烈的震動，然後四周突然亮起了光。

我還未弄清楚自己身在何處，小潛艇的蓋子已經打開，有兩個穿着**工程師制服**的人走了過來，向漢克招了招手說：「恭喜你升級！」

漢克勉強地笑了笑，「**我奉命帶這個人來見張小龍**。」

那兩個人說：「這不關我們的事，你向前去見主管好了。」

我從小潛艇裏一躍而出，跟着漢克走，沿途細心打量着這個**野心集團**的大本營。

我們經過了一扇又一扇的**圓形鋼門**，每一扇鋼門，都通向一個兩丈方圓的小室。小室中或有人，或是空置，我只能看到一個又一個的小室，無法看清整個海底建築物的情形。走了約莫十分鐘之後，我便在這種**蜂巢**似的小室之中，完全迷失了路，就算沒有人看守着我，我只怕也難以摸索到出路逃走。

不過，即使我找得到出路，離開了這座海底建築物，能夠浮上海面去的話，又有什麼用呢？在這**茫茫大海**裏，別說僥倖獲救，就是能存活一兩天的機率，也是渺茫得可憐。

所以，我暫時放棄了逃走的念頭，只希望在這裏能見到張小龍，和這個組織的最高級人物。因為我必須從他們身上了解清楚事情的**來龍去脈**，才可以決定下一步該怎麼做。

大約十五分鐘後，我終於結束了這蜂巢式小房間的旅行，來到了一條長長的**走廊**之中。

那條走廊的兩旁，有許多關得十分嚴實的門，門內有些什麼，根本看不到，但是當我通過這條走廊的時候，可以聽

到那些門內傳出十分奇特的聲音來，有的像液體在沸騰的聲音，有的則像是一連串密集的爆炸聲，還有一些是**精密機器**在運行的聲響。

這時候我忽然想起，曾經有不少**陰謀論者**說，世界上那些偶有發生的飛機、船隻失蹤事件，其真正原因，是有一些神秘的組織或力量，在使用着不為人知的方法，將那些失蹤的**飛機**和**船隻**，引到了隱蔽的地方去。

有人說那是**外星人**擄拐地球人來做研究，也有人說是某些大國的**軍人**在進行秘密試驗。

這種陰謀論說法，我一向都嗤之以鼻，但如今看到這座龐大而先進的海底建築物，使我不得不懷疑，歷年來所發生的飛機和船隻**神秘失蹤事件**，會否就是這個野心勃勃的組織幹的？目的自然是想藉此擄獲人才，幫他們發展各種先進的裝備。

而且漢克不是説過，世界上第一流的人才，都加入了他們嗎？當中有多少人是自願？我非常懷疑。但至少有一點是可以肯定的，就是張小龍被他們擄去後，堅決不願意合作，所以才會找我來説服他。

但我當然不會**助紂為虐**，我必須想辦法把張小龍救出去！

第二十章 與張小龍見面

我一面想着如何能救出張小龍，一面來到了走廊的盡頭。只見漢克伸手按了一下牆壁上的按鈕，面前的一扇鐵門便打開，那原來是一部 升降機 。

我跟着漢克進入了升降機，他忽然開口用德語說：「**十一樓**。」

升降機發出了一下似乎是確認的聲音，然後便關上門，開始送我們到十一樓去。但我感覺到升降機是向下降的，那表示這裏的樓層是往下數的。

這是一部完全**聲控**的升降機，甚至連顯示屏和指示燈都沒有，我無法知道這個建築物向下去，一共有多少層。但就以十一層而言，這海底建築物規模之龐大，已經遠遠超乎我的想像了。

升降機停定後，發出了聲音，也是德語：「十一樓到了。」

升降機門隨即打開，我跟着漢克出去，走了幾步，轉了一個彎，看到前面兩邊牆壁各有着一排**紅燈**，左右互相照射着，那一束束紅色的**光柱**就像把走廊的路攔住。

漢克在燈光前停了下來，笑道：「***你向前走走試試！***」

我冷冷地說：「這有什麼稀奇，不就是防盜的光線嗎？如果有人經過，遮住了光線，就會發出**警號**，甚至射出**暗器**，是不是？」

漢克卻哈哈大笑起來，「我知道你一定會這麼説的。」

我感到十分尷尬，因為漢克分明是在嘲笑我猜錯了。只見他在衣袋裏取出一張紙，向前揚了出去。

當那張紙碰到那些**紅色光線**時，突然起了一陣輕煙，直至它緩緩落到地上的時候，已經化成一堆輕灰了！

我心中大吃一驚，漢克又一次神氣地說：「這是利用海底無窮無盡的暗流來發電，才可以得到這樣強的高壓電能！」

我沒有說什麼，只在那些燈光前乖乖地站着，不敢亂動。站了片刻，只見對面有一個中年人走近，隔着那些可怕的光線，對漢克說：「首領已經知道了一切，你可以直接帶他去見張小龍。」

漢克答應了一聲，便拉着我轉身走。

到現在為止，我唯一的收穫，就是知道這個野心集團的首領是在「十一樓」，如果要見他的話，必須通過那些致命的光線。

也就是說，雖然我知道首領在哪裏，但我卻不能去見他。因為只要一被那種光芒照射到，我就可能在頃刻之間變成了焦炭。

漢克帶着我回到**升降機**裏，這次他用英語說：「十七樓。」

升降機隨即又向下落，我忍不住問：「**這裏到底一共有多少層？**」

漢克狡猾地笑了笑，說：「知道得太多，未必是好事。」

如果知道得少就是好事的話，那麼我現在的情況可謂一片大好，因為我所知的實在是太少了。

「**十七樓到了**。」升降機也用英語報告。漢克分明是刻意向我炫耀，這部升降機可用任何語言來操作。

升降機開門了，我又跟着漢克走了出去。

我們走了沒多久，漢克在一扇門前停了下來，而那扇門竟立即自動打開。漢克說：「張小龍就在裏面，你可以進去了。」

我立即向前跨出了一步，但漢克又在後面冷冷地提醒：「你要記住，你的任何舉動，都瞞不過我們的，首領甚至可以在他自己的房間中，數清你眼眉毛的數目！」

這一點我當然早就預料到，以這個組織的科技水平，不難想像每一個角落都有監視鏡頭和竊聽器，把我的一舉一動和每一句話都嚴密監視着。

我裝作不在乎的模樣，昂首闊步走進那個房間，而我進去後，門便自動關上了。

我四面一看，這是一間很大的實驗室，和張小龍別墅後園那個實驗室大同小異。

我發現房間的左邊還有兩扇門，其中一扇半開半掩，於是我便走到那扇門前，向內望去。

只見裏面是一間十分寬大的**臥室**，這時正有一個人坐在**安樂椅**上，將他的頭深深地埋在兩手之間，一動也不動。

我看不清那人的臉部，只是從他雙手的膚色看出他是**黃種人**，難道他就是張小龍？

我伸手敲了一下門，但那人沒有任何反應。我側身走了進去，他仍是一動也不動地坐着。

我走到他的前面坐下來，看清了他的面容，**他果然是張小龍！**

他顯得十分憔悴，目光呆滯，但面目和張小娟十分相像。

我咳嗽了一聲，說：「張先生，我叫衛斯理，是從你父親那兒來的！」

他猛地抬起頭來，**蓬亂的頭髮**，幾乎遮沒了他的視線，他用手撥開了頭髮，定睛望着我。

我又說：「**張先生，你必須信任我**。」

我絕不能多說什麼，因為我們的一言一行都被監視着。

張小龍望了我一會，顯然不相信我，猛地向門外一指，「***出去！***」

我站了起來，俯身向他說：「我是受你父親委託去找你的，當中經歷了許多困難，現在終於見到你了，我感到很高興。」

張小龍**一聲不響**，我又繼續說：「你父親和姊姊都很好，他們很想念你。你姊姊一直相信你生活得很愉快，直至最近，她才因為心靈上奇妙的感應，知道你遭遇了**麻煩**。」

為了取得張小龍的信任，我還把年三十晚上，在那家**古董店**遇到他父親的過程詳細說了出來。

我說話非常小心，沒有講半句要對抗這個**野心集團**的話，只是不斷介紹自己的身分，還把我的**名片**拿出來，希望先得到張小龍的信任。

可是張小龍就是一言不發，連看也不向我看一下！

我知道他為什麼不理我，因為他以為我是這個野心集團的一分子。這也無可厚非，我若不是他們一分子，又怎會被安排來見他呢？

張小龍可能一直被這個組織欺騙了，直到最近才看清他們的**真面目**。我相信張小娟那一次心口劇痛，就是因為張小龍發現了這個組織的**不良野心**，感到極之悲憤和痛苦所引起的。

我再解釋下去的話，恐怕兩邊都無法討好，既得不到張小龍的信任，也得罪了這個**邪惡組織**。

於是我說：「我承認，是他們派我來説服你合作的。但這並不代表我是來害你。坦白説，你在研究些什麼，他們想和你合作做什麼，我都完全不知道。我只希望你把你的要求和所面對的困難告訴我，我從中幫你們協調和解決。」

只見他渾身在發抖，情緒變得愈來愈激動。

可是我不能説出對抗這個組織的話，只能好言相勸：「難道你不想再見父親和姊姊嗎？只要讓我幫你把這裏的問題解決，你就可以回去和家人重聚了。」

我這句話才一出口，張小龍突然站了起來，抓起一隻杯子，大力向我擲來。

我閃身避開，那杯子「乒」的一聲，在牆壁上撞得粉碎。

他指着我破口大罵：「你們這群老鼠！快給我滾！我唯一可以和你們合作的，就是將你們全都變成真正的老鼠！」（未完，請看續集——《真菌之毀滅》）

案件調查輔助檔案

天羅地網

這時候，我雖然身子被網住，但心中卻高興到極，因為一看到這個**天羅地網**的陷阱，我便知道這裏是什麼地方了。

意思：嚴密的包圍圈，多指對敵人、逃犯的嚴密防範。

津津樂道

因為我早就聽説，一個十分龐大的走私集團，近年已經金盆洗手了，但他們集團總部的種種電力陷阱裝置，卻依然為人所**津津樂道**。

意思：形容很有興味地談論。

一無所獲

接下來，我細心地搜查了一下羅勃楊的屍體，和他的住處，希望能發現些線索，卻**一無所獲**。

意思：什麼東西都沒有獲得。

難以置信

「什麼？他凌晨的時候還在開車送我。」我感到**難以置信**。

意思：很難令人相信。

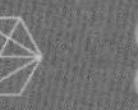

卿卿我我

茶室中連我在內，只有四個客人。其中兩個是情侶，正在**卿卿我我**，大談情話。

意思：相親相愛，親密的樣子。

直言不諱

霍華德**直言不諱**，面上毫無畏懼的神色。我也坦然地說：「我是代他來的，我叫衛斯理。」

意思：直率地講話，毫不隱諱。

言歸正傳

我聳了聳肩，「可以這麼說。**言歸正傳**了，給你用卑劣手段綁去的張小娟，如今在什麼地方？」

意思：停止閒話，回歸主題。

寢食難安

這句話如果給張海龍聽到了，一定會大發脾氣，因為實際上，他對於兒子的失蹤，可能三年來都**寢食難安**，而現在竟然有人懷疑他隱瞞了張小龍的行蹤。

意思：睡覺和吃飯都不安心，形容憂慮煩亂的樣子。

全神貫注

霍華德講到這裏，忽然停住，不再講下去。我本來正**全神貫注**地聽着他講的話，見他忽然住口，心裏自然大感懊喪。

意思：將心思精神完全集中於某事物上。

非比尋常

在回家途中，我感到這件事情的嚴重性，居然會驚動到國際警方，派出曾經是國際緝私部隊的負責人來這裏，而且還要採取擄人脅迫的手段，實在**非比尋常**。

意思：不同於平常的，指比一般要來得特殊。

翻天覆地

這項發明如果為野心家所掌握的話，那麼，人類發展的歷史也會有**翻天覆地**的改變。

意思：比喻巨大的變化。

鍥而不捨

而我們兩個人也知道得太多了，還**鍥而不捨**地追查下去，他們一定不會放過我們。」

意思：比喻有恆心、毅力，堅持到底。

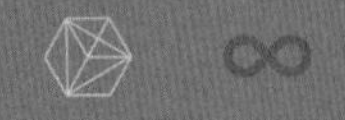

殃及池魚

我這麼說，是順便打發老蔡離開，免得他被**殃及池魚**。

意思：比喻無故受連累。

憐香惜玉

我鬆了一口氣，但背後那女子卻隨即笑道：「你這樣拒絕一個好女子，真不懂**憐香惜玉**啊。」

意思：比喻愛憐、善待女性。

來龍去脈

因為我必須從他們身上了解清楚事情的**來龍去脈**，才可以決定下一步該怎麼做。

意思：比喻事情前後關聯的線索或事情的前因後果。

嗤之以鼻

這種陰謀論說法，我一向都**嗤之以鼻**，但如今看到這座龐大而先進的海底建築物，使我不得不懷疑，歷來所發生的飛機和船隻神秘失蹤事件，會否就是這個野心勃勃的組織幹的？

意思：以鼻子發出吭聲，形容不屑、瞧不起的樣子。

助紂為虐

但我當然不會**助紂為虐**，我必須想辦法把張小龍救出去！

意思：紂王是商代的暴君，虐有殘暴的意思，助紂為虐原指協助紂王做殘暴的事，後來引申協助壞人做壞事。

昂首闊步

我裝作不在乎的模樣，**昂首闊步**走進那個房間，而我進去後，門便自動關上了。

意思：抬起頭大步前行，形容充滿自信、鬥志高昂。

一言不發

可是張小龍就是**一言不發**，連看也不向我看一下！

意思：連一句説話也不説。

好言相勸

可是我不能説出對抗這個組織的話，只能**好言相勸**：「難道你不想再見父親和姊姊嗎？只要我幫你把這裏的問題解決，你就可以回去和家人重聚了。」

意思：用平和、友善的語氣和言辭勸誡。

衛斯理系列少年版 14

妖火（下）

作　　者：衛斯理（倪匡）
文字整理：耿啟文
繪　　畫：鄺志德
助理出版經理：周詩韵
責任編輯：陳珈悠　鄧少茹
封面及美術設計：BeHi The Scene
出　　版：明窗出版社
發　　行：明報出版社有限公司
香港柴灣嘉業街 18 號
明報工業中心 A 座 15 樓
電　　話：2595 3215
傳　　真：2898 2646
網　　址：http://books.mingpao.com/
電子郵箱：mpp@mingpao.com
版　　次：二〇二〇年十月初版
二〇二二年七月第二版
ISBN：978-988-8687-30-5
承　　印：美雅印刷製本有限公司